———————— 글 윤동주
하늘과 바람과 별을 노래한 서정 시인이자
나라와 민족을 위해 기도한 저항 시인이다.

———————— 글씨 유한빈(펜크래프트)
손글씨를 쓰며 동교초등학교 앞에서 문구점을 운영하고 있다.
@pencraft_ 인스타그램과 'ASMR펜크래프트' 유튜브로도 만날 수 있다.

———————— 그림 콰야(QWAYA)
평범하고 일상적인 이야기를 작업으로 담아내고 있다.
@qwaya_ 인스타그램과 '콰야QWAYA' 유튜브로도 만날 수 있다.

우리가 시를 처음 쓴다면
그건 분명 윤동주일 거야.

「하늘과 바람과 별과 시」 필사

우리가 시를 처음 쓴다면 그건 분명 윤동주일 거야
《하늘과 바람과 별과 시》 필사

초판 발행 2021년 4월 5일

지은이 글 윤동주, 글씨 유한빈, 그림 콰야 / **펴낸이** 김태헌
총괄 임규근 / **책임편집** 권형숙 / **기획편집** 김희정 / **디자인** 형태와내용사이
영업 문윤식, 조유미 / **마케팅** 박상용, 손희정, 박수미 / **제작** 박성우, 김정우

펴낸곳 한빛라이프 / **주소** 서울시 서대문구 연희로 2길 62 한빛빌딩
전화 02-336-7129 / **팩스** 02-325-6300
등록 2013년 11월 14일 제25100-2017-000059호 / **ISBN** 979-11-90846-15-8 03810

한빛라이프는 한빛미디어(주)의 실용 브랜드로 우리의 일상을 환히 비추는 책을 펴냅니다.

이 책에 대한 의견이나 오탈자 및 잘못된 내용에 대한 수정 정보는 한빛미디어(주)의 홈페이지나 아래 이메일로 알려 주십시오.
잘못된 책은 구입하신 서점에서 교환해 드립니다. 책값은 뒤표지에 표시되어 있습니다.
한빛미디어 홈페이지 www.hanbit.co.kr / **이메일** ask_life@hanbit.co.kr
한빛라이프 페이스북 facebook.com/goodtipstoknow / **포스트** post.naver.com/hanbitstory

지금 하지 않으면 할 수 없는 일이 있습니다.
책으로 펴내고 싶은 아이디어나 원고를 메일(writer@hanbit.co.kr)로 보내 주세요.
한빛라이프는 여러분의 소중한 경험과 지식을 기다리고 있습니다.

우리가 시를 처음 쓴다면
그건 분명 윤동주일 거야。

──────── 윤동주 글, 유한빈 글씨, 콰야 그림

「하늘과 바람과 별과 시」 필사

1日1詩
동주筆寫

한빛라이프

머리말

안녕하세요, 펜크래프트 유한빈입니다.

더 많은 사람이 좋은 글을 찾아 쓰길 바랐습니다.
그 마음 담아 문장을 따라 쓰며 글씨를 교정하는 책을 냈습니다.

책 덕분에 글씨가 좋아졌다는 연락이 올 때마다,
글씨 쓰는 즐거움을 알게 해줘 고맙다는 연락이 올 때마다,
말로 다 하지 못할 만큼 기뻤습니다.

한편 그 책 모두 딱딱한 느낌을 빼려고 애썼으나
어쩔 수 없이 글씨 교정본 느낌이 강했구나 싶었습니다.

그래서 조금 더 문장에 빠져들 수 있는 책을,
그래서 조금은 가볍게 써볼 수 있는 책을,
부담 없이 만들어보았습니다.

그려진 밑그림에 색을 채우며 그림을 즐기는 컬러링북처럼
제 글씨를 덧쓰며 시를 한 자 한 자 음미하는 책이 되길 바랍니다.

윤동주 시인의 감동적인 시를 쓰면서 정말 즐거웠습니다.
부디 여러분도 저와 같은 마음을 느끼셨으면 좋겠습니다.
모쪼록 이 책이 여러분의 일상을 조금이나마
여유롭게 만들길 바랍니다.

그럼 이번에도 잘 부탁드립니다.
항상 감사합니다.
덕분입니다.

일러두기
시 원문을 그대로 싣는 것이 원칙이지만, 해석이 어렵거나 어법에 맞지 않을 경우,
부득이하게 현대어로 바꾸어 실었습니다.

서시 10

1

자화상 14/ 소년 16/ 눈 오는 지도 18/ 돌아와 보는 밤 20/ 병원 22/ 새로운 길 24/ 간판 없는 거리 26/ 태초의 아침 28/ 또 태초의 아침 30/ 새벽이 올 때까지 32/ 무서운 시간 34/ 십자가 36/ 바람이 불어 38/ 슬픈 족속 40/ 눈 감고 간다 42/ 또 다른 고향 44/ 길 46/ 별 헤는 밤 48

흰 그림자 54/ 사랑스런 추억 56/ 흐르는 거리 58/ 쉽게 쓰여진 시 60/ 봄 62

참회록 66/ 간 68/ 못 자는 밤 70/ 위로 72/ 팔복 74/ 산골물 76/ 달같이 78/ 고추밭 80/ 아우의 인상화 82/ 사랑의 전당 84/ 이적 86/ 비 오는 밤 88/ 유언 90/ 창 92/ 바다 94/ 비로봉 96/ 산협의 오후 98/ 명상 100/ 소낙비 102/ 한란계 104/ 풍경 106/ 달밤 108/ 장 110/ 밤 112/ 황혼이 바다가 되어 114/ 아침 116/ 빨래 118/ 꿈은 깨어지고 120/ 산림 122/ 이런 날 124/ 산상 126/ 양지쪽 128/ 닭 130/ 가슴 132/ 가슴 2 134/ 비둘기 136/ 황혼 138/ 남쪽 하늘 140/ 창공 142/ 거리에서 144/ 삶과 죽음 146/ 초 한 대 148

산울림 152/ 해바라기 얼굴 154/ 귀뚜라미와 나와 156/ 애기의 새벽 158/ 햇빛·바람 160/ 반딧불 162/ 둘 다 164/ 거짓부리 166/ 눈 168/ 참새 170/ 버선본 172/ 편지 174/ 봄 176/ 무얼 먹고 사나 178/ 굴뚝 180/ 햇비 182/ 빗자루 184/ 기왓장 내외 186/ 오줌싸개 지도 188/ 병아리 190/ 조개껍질 192/ 겨울 194

오늘 밤에도 별이 바람에 스치운다.

걸어가야겠다.

그리고 나한테 주어진 길을

모든 죽어 가는 것을 사랑해야지

별을 노래하는 마음으로

나는 괴로워했다.

잎새에 이는 바람에도

한 점 부끄럼이 없기를,

죽는 날까지 하늘을 우러러

[서시]

1

어쩐지 그 사나이가 미워져 돌아갑니다.

그리고 한 사나이가 있습니다.

가을이 있습니다.

하늘이 펼치고 파아란 바람이 불고

우물 속에는 달이 밝고 구름이 흐르고

홀로 찾아가선 가만히 들여다봅니다.

산모퉁이를 돌아 논가 외딴 우물을

「자화상」

추억처럼 사나이가 있습니다.

하늘이 펼치고 파아란 바람이 불고

우물 속에는 달이 밝고 구름이 흐르고

그리워집니다.

돌아가다 생각하니 그 사나이가

다시 그 사나이가 미워져 돌아갑니다.

도로 가 들여다보니 사나이는 그대로 있습니다.

돌아가다 생각하니 그 사나이가 가엾어집니다.

「소년」

여기저기서 단풍잎 같은
슬픈 가을이 뚝뚝 떨어진다.
단풍잎 떨어져 나온 자리마다
봄을 마련해 놓고 나뭇가지 위에
하늘이 펼쳐 있다. 가만히
하늘을 들여다보려면 눈썹에
파란 물감이 든다. 두 손으로
따뜻한 볼을 쓸어 보면 손바닥에도
파란 물감이 묻어난다. 다시
손바닥을 들여다본다. 손금에는
맑은 강물이 흐르고, 맑은
강물이 흐르고, 강물 속에는
사랑처럼 슬픈 얼굴— 아름다운
순이의 얼굴이 어린다. 소년은
황홀히 눈을 감아 본다.
그래도 맑은 강물은 흘러
사랑처럼 슬픈 얼굴— 아름다운
순이의 얼굴은 어린다.

「소년」

여기저기서 단풍잎 같은
슬픈 가을이 뚝뚝 떨어진다.
단풍잎 떨어져 나온 자리마다
봄을 마련해 놓고 나뭇가지 위에
하늘이 펼쳐 있다. 가만히
하늘을 들여다보려면 눈썹에
파란 물감이 든다. 두 손으로
따뜻한 볼을 쓸어 보면 손바닥에도
파란 물감이 묻어난다. 다시
손바닥을 들여다본다. 손금에는
맑은 강물이 흐르고, 맑은
강물이 흐르고, 강물 속에는
사랑처럼 슬픈 얼굴 — 아름다운
순이의 얼굴이 어린다. 소년은
황홀히 눈을 감아 본다.
그래도 맑은 강물은 흘러
사랑처럼 슬픈 얼굴 — 아름다운
순이의 얼굴은 어린다.

「눈 오는 지도」

순이가 떠난다는 아침에 말 못 할
마음으로 함박눈이 내려, 슬픈 것처럼
창밖에 아득히 깔린 지도 위에
덮인다. 방 안을 돌아다보아야
아무도 없다. 벽과 천정이
하얗다. 방 안에까지 눈이
내리는 것일까, 정말 너는
잃어버린 역사처럼 훌훌히 가는
것이냐, 떠나기 전에 일러둘 말이
있던 것을
편지를 써서도 네가 가는 곳을
몰라 어느 거리, 어느 마을,
어느 지붕 밑, 너는 내 마음
속에만 남아 있는 것이냐.
네 쪼끄만 발자욱을 눈이 자꾸
내려 덮여 따라갈 수도 없다.
눈이 녹으면 남은 발자욱
자리마다 꽃이 피려니 꽃 사이로
발자욱을 찾아 나서면 일 년
열두 달 하냥 내 마음에는
눈이 내리리라.

「눈 오는 지도」

순이가 떠난다는 아침에 말 못 할
마음으로 함박눈이 내려, 슬픈 것처럼
창밖에 아득히 깔린 지도 위에
덮인다. 방 안을 돌아다보아야
아무도 없다. 벽과 천정이
하얗다. 방 안에까지 눈이
내리는 것일까, 정말 너는
잃어버린 역사처럼 홀홀히 가는
것이냐, 떠나기 전에 일러둘 말이
있던 것을
편지를 써서도 네가 가는 곳을
몰라 어느 거리, 어느 마을,
어느 지붕 밑, 너는 내 마음
속에만 남아 있는 것이냐.
네 꼬꼬만 발자욱을 눈이 자꾸
내려 덮여 따라갈 수도 없다.
눈이 녹으면 남은 발자욱
자리마다 꽃이 피리니 꽃 사이로
발자욱을 찾아 나서면 일 년
열두 달 하냥 내 마음에는
눈이 내리리라.

저절로 익어 가옵니다.
흐르는 소리, 이제, 사상이 능금처럼
가만히 눈을 감으면 마음 속으로
하루의 울분을 씻을 바 없어

길이 그대로 비속에 젖어 잇사옵니다.
꼭 세상같은데 비를 맞고 오던
내다보아야 방 안과 같이 어두워
들여야 할 텐데 밖을 가만히
이제 창을 열어 공기를 바꾸어

일이 옵니다. 그것은 낮의 연장이 옳기에
곁을 켜두는 것은 너무나 피로롭음
좁은 방에 돌아와 불을 끄옵니다.
세상으로부터 돌아오듯이 이제 내

「돌아와 보는 밤」

절로 의어 가옵니다
흐르는 소리, 이제 사상이 능금처럼
가만히 눈을 감으면 마음 속으로
하루의 울분을 씻을 바 없어

길이 그대로 빗속에 젖어 잇사옵니다
꼭 세상 같은데 비를 맞고 오던
내다보아야 방 안과 같이 어득위
들여야 할 테 밖을 가만히
이제 창을 열어 공기를 바꾸어

일이 옵니다 그것은 낮의 연장이 옵기에
불을 켜두는 것은 너무나 피로롭은
즘은 방에 돌아와 글을 끄옵니다
세상으로부터 돌아오듯이 이제 내

「돌아와 보는 밤」

「병원」

살구나무 그늘로 얼굴을 가리고
병원 뒤뜰에 누워, 젊은 여자가
흰 옷 아래로 하얀 다리를 드러내 놓고
일광욕을 한다. 한나절이 기울도록
가슴을 앓는다는 이 여자를 찾아오는 이,
나비 한 마리도 없다. 슬프지도 않은
살구나무 가지에는 바람조차 없다.

나도 모를 아픔을 오래 참다 처음으로
이곳에 찾아왔다. 그러나 나의 늙은
의사는 젊은이의 병을 모른다. 나한테는
병이 없다고 한다. 이 지나친 시련,
이 지나친 피로, 나는 성내서는 안 된다.

여자는 자리에서 일어나 옷깃을 여미고
화단에서 금잔화 한 포기를 따 가슴에
꽂고 병실 안으로 사라진다. 나는 그
여자의 건강이 — 아니 내 건강도
속히 회복되기를 바라며 그가 누웠던
자리에 누워본다.

「병원」

살구나무 그늘로 얼굴을 가리고
병원 뒤뜰에 누워, 젊은 여자가
흰 옷 아래로 하얀 다리를 드러내 놓고
일광욕을 한다. 한나절이 기울도록
가슴을 앓는다는 이 여자를 찾아오는 이,
나비 한 마리도 없다. 슬프지도 않은
살구나무 가지에는 바람조차 없다.

나도 모를 아픔을 오래 참다 처음으로
이곳에 찾아왔다. 그러나 나의 늙은
의사는 젊은이의 병을 모른다. 나한테는
병이 없다고 한다. 이 지나친 시련,
이 지나친 피로, 나는 성내서는 안 된다.

여자는 자리에서 일어나 옷깃을 여미고
화단에서 금잔화 한 포기를 따 가슴에
꽂고 병실 안으로 사라진다. 나는 그
여자의 건강이 — 아니 내 건강도
속히 회복되기를 바라며 그가 누웠던
자리에 누워본다.

고개를 넘어서 마을로
내를 건너서 숲으로

오늘도…… 내일도……
나의 길은 언제나 새로운 길

아가씨가 지나고 바람이 일고
민들레가 피고 까치가 날고

나의 길 새로운 길
어제도 가고 오늘도 갈

고개를 넘어서 마을로
내를 건너서 숲으로

[새로운 길]

고개를 넘어서 마을로
내를 건너서 숲으로

오늘도…… 내일도……
나의 길은 언제나 새로운 길

아가씨가 지나고 바람이 일고
민들레가 피고 까치가 날고

나의 길 새로운 길
어제도 가고 오늘도 갈

고개를 넘어서 마을로
내를 건너서 숲으로

「새로운 길」

「간판 없는 거리」

정거장 플랫폼에
내렸을 때 아무도 없어,

다들 손님들뿐,
손님 같은 사람들뿐,

집집마다 간판이 없어
집 찾을 근심이 없어

빨갛게
파랗게
불붙는 문자도 없이

모퉁이마다
자애로운 헌 와사등에
불을 켜놓고,

손목을 잡으면
다들, 어진 사람들
다들, 어진 사람들

봄, 여름, 가을, 겨울
순서로 돌아들고.

「간판 없는 거리」

정거장 플랫폼에
내렸을 때 아무도 없어,

다른 손님들뿐,
손님 같은 사람들뿐,

집집마다 간판이 없어
집 찾을 근심이 없어

빨갛게
파랗게
불붙는 문자도 없이

모퉁이마다
자애로운 헌 와사등에
불을 켜놓고,

손목을 잡으면
다들, 어진 사람들
다들, 어진 사람들

봄, 여름, 가을, 겨울
순서로 돌아들고.

「태초의 아침」

봄날 아침도 아니고
여름, 가을, 겨을,
그런 날 아침도 아닌 아침에

빨간 꽃이 피어났네,
햇빛이 푸른데,

그 전날 밤에
그 전날 밤에
모든 것이 마련되었네,

사랑은 뱀과 함께
독은 어린 꽃과 함께

「태초의 아침」

봄날 아침도 아니고
여름, 가을, 겨울,
그런 날 아침도 아닌 아침에

빨간 꽃이 피어났네,
햇빛이 푸른데,

그 전날 밤에
그 전날 밤에
모든 것이 마련되었네,

사랑은 뱀과 함께
독은 어린 꽃과 함께

「또 태초의 아침」

하얗게 눈이 덮이었고
전신주가 잉잉 울어
하나님 말씀이 들려온다.

무슨 계시일까.

빨리
봄이 오면
죄를 짓고
눈이
밝아

이브가 해산하는 수고를 다하면

무화과 잎사귀로 부끄런 데를 가리고

나는 이마에 땀을 흘려야겠다.

「또 태초의 아침」

하얗게 눈이 덮이었고
전신주가 잉잉 울어
하나님 말씀이 들려온다.

무슨 계시일까.

빨리
봄이 오면
죄를 짓고
눈이
밝아

이브가 해산하는 수고를 다하면

무화과 잎사귀로 부끄런 데를 가리고

나는 이마에 땀을 흘려야겠다.

나팔 소리 들려올 게외다.

이제 새벽이 오면

젖을 먹이시오.

다들 을거들랑

그리고 한 침대에

가지런히 잠을 재우시오.

흰 옷을 입히시오.

다들 살아가는 사람들에게

검은 옷을 입히시오.

다들 죽어 가는 사람들에게

「새벽이 올 때까지」

나팔 소리 들려올 게외다.

이제 새벽이 오면

젖을 먹이시오.

다들 울거들랑

그리고 한 침대에

가지런히 잠을 재우시오.

흰 옷을 입히시오.

다들 살아가는 사람들에게

검은 옷을 입히시오.

다들 죽어 가는 사람들에게

「새벽이 올 때까지」

나를 부르지 마오

서럽지도 않은 가랑잎이 떨어질 텐데……

일을 마치고 내 죽는 날 아침에는

나를 부르는 것이오.

어디에 내 한 몸 둘 하늘이 있어

손들어 표할 하늘도 없는 나를

한번도 손들어 보지 못한 나를

나 아직 여기 호흡이 남아 있소

가랑잎 이파리 푸르러 나오는 그늘인데,

거 나를 부르는 것이 누구요,

「무서운 시간」

나를 불르지 마오.

서럽지도 않은 가랑잎이 떨어질 텐데……

일을 마치고 내 죽는 날 아침에는

나를 불르는

어디에 내 한 몸 둘 하늘이 있어

손들어 표할 하늘도 없는 나를

한번도 손들어 보지 못한 나를

나 아직 여기 호흡이 남아 있소.

가랑잎 이파리 푸르러 나오는 그늘인데,

거 나를 불르는 것이 누구요,

「무서운 시간」

휘파람이나 불며 서성거리다가,

종소리도 들려오지 않는데

어떻게 올라갈 수 있을까요.

첨탑이 저렇게도 높은데

십자가에 걸리었습니다.

지금 교회당 꼭대기

쫓아오던 햇빛인데

「십자가」

조용히 흘러 가겠습니다
어두워 가는 하늘 밑에
꽃처럼 피어나는 피를
보가지를 드리우고
십자가가 허라된다면
행복한 예수 그리스도에게처럼
괴로웠던 사나이,

「바람이 불어」

바람이 어디로부터 불어와
어디로 불려가는 것일까,

바람이 부는데
내 괴로움에는 이유가 없다.

내 괴로움에는 이유가 없을까,

단 한 여자를 사랑한 일도 없다.
시대를 슬퍼한 일도 없다.

바람이 자꾸 부는데
내 발이 반석 위에 섰다.

강물이 자꾸 흐르는데
내 발이 언덕 위에 섰다.

「바람이 불어」

바람이 어디로부터 불어와
어디로 불려가는 것일까,

바람이 부는데
내 괴로움에는 이유가 없다.

내 괴로움에는 이유가 없을까,

단 한 여자를 사랑한 일도 없다.
시대를 슬퍼한 일도 없다.

바람이 자꾸 부는데
내 발이 반석 위에 섰다.

강물이 자꾸 흐르는데
내 발이 언덕 위에 섰다.

「슬픈 족속」

흰 수건이 검은 머리를 두르고
흰 고무신이 거친 발에 걸리우다.

흰 저고리 치마가 슬픈 몸집을 가리고
흰 띠가 가는 허리를 질끈 동이다.

「슬픈 족속」

흰 수건이 검은 머리를 두르고
흰 고무신이 거친 발에 걸리우다.

흰 저고리 치마가 슬픈 몸집을 가리고
흰 띠가 가는 허리를 질끈 동이다.

「늘 감고 간다」

태양을 사모하는 아이들아
별을 사랑하는 아이들아

밤이 어두웠는데
늘 감고 가거라.

가진 바 씨앗을
뿌리면서 가거라

발뿌리에 돌이 채이거든
감았던 눈을 와짝 떠라.

「늘 갈고 간다」

태양을 사모하는 아이들아
별을 사랑하는 아이들아

밤이 어두웠는데
늘 갈고 가거라.

가진 바 씨앗을
뿌리면서 가거라

발뿌리에 돌이 채이거든
갈았던 날을 와짝 떠라.

「또 다른 고향」

고향에 돌아온 날 밤에
내 백골이 따라와 한 방에 누웠다.

어둔 방은 우주로 통하고
하늘에선가 소리처럼 바람이 불어온다.

어둠 속에 곱게 풍화작용하는
백골을 들여다보며
눈물짓는 것이 내가 우는 것이냐
백골이 우는 것이냐
아름다운 혼이 우는 것이냐

지조 높은 개는
밤을 새워 어둠을 짖는다.

어둠을 짖는 개는
나를 쫓는 것일 게다

가자 가자
쫓기우는 사람처럼 가자
백골 몰래
아름다운 또 다른 고향에 가자.

「또 다른 고향」

고향에 돌아온 날 밤에
내 백골이 따라와 한 방에 누웠다.

어둔 방은 우주로 통하고
하늘에선가 소리처럼 바람이 불어온다.

어둠 속에 곱게 풍화작용하는
백골을 들여다보며
눈물짓는 것이 내가 우는 것이냐
백골이 우는 것이냐
아름다운 혼이 우는 것이냐

지조 높은 개는
밤을 새워 어둠을 짖는다.

어둠을 짖는 개는
나를 쫓는 것일 게다

가자 가자
쫓기우는 사람처럼 가자
백골 몰래
아름다운 또 다른 고향에 가자.

「길」

잃어버렸습니다
무얼 어디다 잃었는지 몰라
두 손이 주머니를 더듬어
길에 나아갑니다.

돌과 돌과 돌이 끝없이 연달아
길은 돌담을 끼고 갑니다.

담은 쇠문을 굳게 닫아
길 위에 긴 그림자를 드리우고

길은 아침에서 저녁으로
저녁에서 아침으로 통행습니다.

돌담을 더듬어 눈물짓다
쳐다보면 하늘은 부끄럽게 푸릅니다.

풀 한 포기 없는 이 길을 걷는 것은
담 저쪽에 내가 남아 있는 까닭이고,

내가 사는 것은, 다만,
잃은 것을 찾는 까닭입니다.

아직 나의 청춘이 다하지 않은 까닭입니다.

내일 밤이 남은 까닭이오,

쉬이 아침이 오는 까닭이오,

이제 다 못 헤는 것은

가슴 속에 하나 둘 새겨지는 별을

가을 속의 별들을 다 헤일 듯합니다

나는 아무 걱정도 없이

가을로 가득 차 있습니다.

계절이 지나가는 하늘에는

「별 헤는 밤」

사람들의 이름과, 비들기, 강아지, 토끼,

이왠 이국 소녀들의 이름과 별써 애기

같이 했던 아이들의 이름과, 패, 경, 옥

어머니 된 계집애들의 이름과, 가난한 이웃

한 마디씩 불러봅니다. 소학고 때 책상을

어머님, 나는 별 하나에 아름다운 말

별 하나에 어머니, 어머니,

별 하나에 시와

별 하나에 동경과

별 하나에 쓸쓸함과

별 하나에 사랑과

별 하나에 추억과

흙으로 덮어 버려 있습니다.

내 이름자를 써 보고,

이 많은 별빛이 내린 언덕 위에

나는 무엇인지 그리워

그리고 당신은 멀리 북간도에 계십니다.

어머님,

별이 아슬히 멀듯이,

이네들은 너무나 멀리 있습니다.

이런 시인의 이름을 불러 봅니다.

패, 경, 옥 프란시스 잼, 라이너 마리아 릴케.

자랑처럼 풀이 무성할 게외다.

내 이름자 묻힌 언덕 위에도

무덤 위에 파란 잔디가 피어나듯이

그러나 겨울이 지나고 나의 별에도 봄이 오면

부끄러운 이름을 슬퍼하는 까닭입니다.

딴은 밤을 새워 우는 벌레는

2

오래 마음 깊은 속에

이제 어리석게도 모든 것을 깨달은 다음

나는 총명했던가요.

발자취 소리를 들을 수 있도록

땅거미 옮겨지는 발자취 소리,

하루 종일 시들은 귀를 가만히 기울이면

황혼이 짙어지는 길모금에서

「흰 그림자」

하루 종일 시름없이 플폭기나 뜬자

신념이 굳은 의젓한 양처럼

황혼처럼 풀드는 내 방으로 돌아오면

허전히 뒷골목을 돌아

내 모든 것을 돌려보낸 뒤

연연히 사랑하던 흰 그림자들

흰 그림자들

소리없이 사라지는 흰 그림자,

거리 모퉁이 어둠 속으로

하나, 둘 재 고장으로 돌려보내며

괴로워하던 수많은 나를

「사랑스런 추억」

봄이 오던 아침, 서울 어느 조그만 정거장에서
희망과 사랑처럼 기차를 기다려,

나는 플랫폼에 간신한 그림자를 떨어트리고,
담배를 피웠다.

내 그림자는 담배 연기 그림자를 날리고
비둘기 한 떼가 부끄러울 것도 없이
나래 속을 속, 속, 햇빛에 비춰, 날았다.

기차는 아무 새로운 소식도 없이
나를 멀리 실어다주어,

봄은 다 가고 ─ 동경 교외 어느 조용한
하숙방에서, 옛 거리에 남은 나를 희망과
사랑처럼 그리워한다

오늘도 기차는 몇 번이나 무의미하게 ─
지나가고,

오늘도 나는 누구를 기다려 정거장 가차운 ─
언덕에서 서성거릴 게다.

─ 아아 젊음은 오래 거기 남아 있거라.

「사랑스런 추억」

봄이 오던 아침, 서울 어느 조그만 정거장에서
희망과 사랑처럼 기차를 기다려,

나는 플랫폼에 간신한 그림자를 떨어트리고,
담배를 피웠다.

내 그림자는 담배 연기 그림자를 날리고
비둘기 한 떼가 부끄러울 것도 없이
나래 속을 속, 속, 햇빛에 비춰, 날았다.

기차는 아무 새로운 소식도 없이
나를 멀리 실어다주어,

봄은 다 가고 ― 동경 교외 어느 조용한
하숙방에서, 옛 거리에 남은 나를 희망과
사랑처럼 그리워한다

오늘도 기차는 몇 번이나 무의미하게 ―
지나가고,

오늘도 나는 누구를 기다려 정거장 가차운 ―
언덕에서 서성거릴 게다.

― 아아 젊음은 오래 거기 남아 있거라.

「흐르는 거리」

으스럼히 안개가 흐른다. 거리가 흘러간다.
저 전차, 자동차, 모든 바퀴가 어디로
흘리워가는 것일까?
정박할 아무 항구도 없이. 가련한 많은
사람들을 싣고서, 안개 속에 잠긴 거리는,

거리 모퉁이 붉은 포스트 상자를 붙잡고
섰을라면 모든 것이 흐르는 속에
어렴풋이 빛나는 가로등, 꺼지지 않는
것은 무슨 상징일까? 사랑하는 동무
박이여! 그리고 김이여! 자네들은 지금
어디 있는가? 끝없이 안개가 흐르는데,

'새로운 날 아침 우리 다시 정답게
손목을 잡아 보세' 몇 자 적어 포스트
속에 떨어뜨리고, 밤을 새워 기다리면
금휘장에 금단추를 채우고 거인처럼
찬란히 나타나는 배달부, 아침과 함께
즐거운 내림,

이 밤을 하염없이 안개가 흐른다.

「흐르는 거리」

으스름히 안개가 흐른다. 거리가 흘러간다.
저 전차, 자동차, 모든 바퀴가 어디로
흘러워가는 것일까?
정박할 아무 항구도 없이, 가련한 많은
사람들을 싣고서, 안개 속에 잠긴 거리는,

거리 모퉁이 붉은 포스트 상자를 붙잡고
섰을라면 모든 것이 흐르는 속에
어렴풋이 빛나는 가로등, 꺼지지 않는
것은 무슨 상징일까? 사랑하는 동무
박이여! 그리고 김이여! 자네들은 지금
어디 있는가? 끝없이 안개가 흐르는데,

'새로운 날 아침 우리 다시 정답게
손목을 잡아 보세' 몇 자 적어 포스트
속에 떨어뜨리고, 밤을 새워 기다리면
금휘장에 금단추를 채우고 거인처럼
찬란히 나타나는 배달부, 아침과 함께
즐거운 내림,

이 밤을 하염없이 안개가 흐른다.

하나, 둘, 죄다 잃어버리고

생각해보면 어린 때 동무들

늙은 교수의 강의 들으러 간다.

대학 노트를 끼고

보내주신 학비 봉투를 받아

땀내와 사랑내 포근히 품긴

한 줄 시를 적어볼까,

시인이란 슬픈 천명인 줄 알면서도

육첩방은 남의 나라,

창밖에 밤비가 속살거려

「쉽게 쓰여진 시」

눈물과 위안으로 잡는 최초의 악수,
나는 나에게 작은 손을 내밀어
최후의 나.
시대처럼 올 아침을 기다리는—
등불을 밝혀 어둠을 조금 내몰고,
창밖에 밤비가 속살거리는데,
육첩방은 남의 나라
부끄러운 일이다.
시가 이렇게 쉽게 쓰여지는 것은
인생은 살기 어렵다는데
나는 다만, 홀로 침전하는 것일까?
나는 무얼 바라

61

「봄」

봄이 혈관 속에 시내처럼 흘러
돌, 돌, 시내 가차운 언덕에
개나리, 진달래, 노오란 배추꽃

삼동을 참아온 나는
풀포기처럼 피어난다.

즐거운 종달새야
어느 이랑에서 즐거웁게 솟쳐라.

푸르른 하늘은
아르아른 높기도 한데……

「봄」

봄이 혈관 속에 시내처럼 흘러
돌, 돌, 시내 가차운 언덕에
개나리, 진달래, 노오란 배추꽃

삼동을 참아온 나는
풀포기처럼 피어난다.

즐거운 종달새야
어느 이랑에서 즐거웁게 솟쳐라.

푸르른 하늘은
아롤아롤 높기도 한데……

무슨 기쁨을 바라 살아 왔던가.

―만 이십사년 일 개월을

나는 나의 참회의 글을 한 줄에 줄이자

이다지도 욕될까.

어느 왕조의 유물이기에

내 얼굴이 남아 있는 것은

파란 녹이 낀 구리거울 속에

「참회록」

거울 속에 나타나 온다.

슬픈 사람의 뒷모양이

그러면 어느 운석 밑으로 홀로 걸어가는

손바닥으로 발바닥으로 닦아 보자.

밤이면 밤마다 나의 거울을

왜 그런 부끄런 고백을 했던가.

— 그 때 그 젊은 나이에

나는 또 한 줄의 참회록을 써야 한다.

내일이나 모레나 그 어느 즐거운 날에

「간」

바닷가 햇빛 바른 바위 위에
습한 간을 펴서 말리우자.

코카서스 산중에서 도망해 온 토끼처럼
둘러리를 빙빙 돌며 간을 지키자.

내가 오래 기르던 여윈 독수리야!
와서 뜯어 먹어라, 시름없이

너는 살찌고
나는 여위어야지, 그러나,

거북이야!
다시는 용궁의 유혹에 안 떨어진다.

프로메테우스 불쌍한 프로메테우스
불 도적한 죄로 목에 맷돌을 달고
끝없이 침전하는 프로메테우스.

「간」

바닷가 햇빛 바른 바위 위에
습한 간을 펴서 말리우자.

코카서스 산중에서 도망해 온 토끼처럼
둘러리를 빙빙 돌며 간을 지키자.

내가 오래 기르던 여윈 독수리야!
와서 뜯어 먹어라, 시름없이

너는 살찌고
나는 여위어야지, 그러나,

거북이야!
다시는 용궁의 유혹에 안 떨어진다.

프로메테우스 불쌍한 프로메테우스
불 도적한 죄로 목에 맷돌을 달고
끝없이 침전하는 프로메테우스.

「못 자는 밤」

하나, 둘, 셋, 넷
......
밤은
많기도 하다.

「못 자는 밤」

하나, 둘, 셋, 넷
......
밤은
많기도 하다.

사나이가 누워서 떨어뜨기 바르게
쳐 눕었다 우외오 양을다 받는 젊은게
발이 잘 딩지 않는 곳에 근을을
뒤뜰이 난긴과 꽃밭 사이 사람처럼을을
거미란 눈이 흥한 쉼브로 병원

「위로」

버리는 것밖에 위로의 말이 없었다.

위로할는 말이— 거미줄을 헝클어

때를 잃고 병을 얻은 이 사나이를

나이를 보담 무속한 고생 끝에

사나이는 긴 한숨을 쉬었다.

뻠아이의 오목을 쉬었다

쓸쓸같이 가더니

자국거겨도 파득거리만

파득거겨도 파득거겨노—칸

나비가 한 마리 꽃밭에

날개를 늘 팔에 걸리었다.

「팔복」

슬퍼하는 자는 복이 있나니
슬퍼하는 자는 복이 있나니
슬퍼하는 자는 복이 있나니
슬퍼하는 자는 복이 있나니
슬퍼하는 자는 복이 있나니
슬퍼하는 자는 복이 있나니
슬퍼하는 자는 복이 있나니
슬퍼하는 자는 복이 있나니

저희가 영원히 슬플 것이오.

슬퍼하는 자는 복이 있나니
슬퍼하는 자는 복이 있나니
슬퍼하는 자는 복이 있나니
슬퍼하는 자는 복이 있나니
슬퍼하는 자는 복이 있나니
슬퍼하는 자는 복이 있나니
슬퍼하는 자는 복이 있나니
슬퍼하는 자는 복이 있나니

저희가 영원히 슬플 것이오.

「팔복」

바다로 가자,

바다로 가자,

가만히 가만히

사랑과 일을 거리에 맡기고

굿신 듯이 냇가에 앉았으니

거리의 소음과 노래 부를 수 없도다.

이밤을 더불어 말할 이 없도다.

가슴속 깊이 샘물이 흘러

옷자와 물결 속에서도

괴로운 사람아 괴로운 사람아

「산골물」

바다로 가자,
바다로 가자,
가만히 가만히
사랑과 일을 거리에 맡기고
굿신 듯이 냇가에 앉았으니
거리의 소음과 노래 부를 수 없도다
이 밤을 더불어 말할 이 없도다.
가슴속 깊이 샘물이 흘러
옷자락 물결 속에서도
괴로운 사람아 괴로운 사람아

「산골물」

「달같이」

연륜이 자라듯이
달이 자라는 고요한 밤에
달같이 외로운 사랑이
가슴 하나 뻐근히
연륜처럼 피어나간다.

「달같이」

연륜이 자라듯이
달이 자라는 고요한 밤에
달같이 외로운 사랑이
가슴 하나 빠근히
연륜처럼 피어나간다.

「고추밭」

시들은 잎새 속에서
고 빠알간 살을 드러내 놓고,
고추는 방년 된 아가씨 양
땡볕에 자꾸 익어간다.

할머니는 바구니를 들고
밭머리에서 어정거리고
손가락 너어는 아이는
할머니 뒤만 따른다.

「고추밭」

시들은 잎새 속에서
고 빠알간 살을 드러내 놓고,
고추는 방년 된 아가씬 양
땡볕에 자꾸 익어간다.

할머니는 바구니를 들고
밭머리에서 어정거리고
손가락 너어는 아이는
할머니 뒤만 따른다.

아우의 얼굴은 슬픈 그림이다.

싸늘한 달이 붉은 이마에 젖어

아우의 얼굴을 다시 들여다본다

슬며시 잡았던 손을 놓고

아우의 설은 진정코 설은 대답이다

「사람이 되지」

「너는 자라 무엇이 되려니」

살그머니 애먼 손을 잡으며

발걸음에 멈추어

아우의 얼굴은 슬픈 그림이다.

붉은 이마에 싸늘한 달이 서리어

「아우의 인상화」

아우의 얼굴은 슬픈 그림이다
싸늘한 달이 붉은 이마에 젖어
아우의 얼굴을 다시 들여다 본다
울며서 잡았던 손을 놓고
아우의 설은 진정코 설은 대답이다
"사람이 되지"
"너는 자라 무엇이 되려니"
살으며 애떤 손을 잡으며
발걸음에 멈추어
아우의 얼굴은 슬픈 그림이다
붉은 이마에 싸늘한 달이 서리어

「아우의 인상화」

난 사자처럼 엉클린 머리를 골라 편다.

순아 암사슴처럼 수정 눈을 내려 감어라.

우리들의 전당은

곱풍한 풍습이 어린 사랑의 전당

내사 언제 네 전에 들어갔던 것이냐?

순아 너는 내 전에 언제 들어왔던 것이냐?

「사랑의 전당」

내게는 준험한 산맥이 있다.
네게는 삼림 속의 아늑한 호수가 있고

이제

뒷문으로 멀리 사라지련다.
나는 영원한 사랑을 안은 채
어둠과 바람이 우리창에 부닥치기 전

순아 너는 앞문으로 내달려라.
성스런 촛대에 열한 불이 꺼지기 전
청춘

우리들의 사랑은 한낱 벙어리였다.

참말 이적이외다.
끌리워 온 것은
부르는 이 없이
내사 이 혹독가로

나드 사랑사뭘 걸어죄리이까?
황혼이 혹속 위로 걸어오듯이
발에 터럭한 것을 다 빼어버리고

이적

당신은 후면으로 나를 불러내소서.

물결에 씻어 보내겨니

하나 내 모든 것을 여념없이

자국 금메달처럼 만져지는구려

여정, 자홀, 시기, 이것들이

오늘따라

「비 오는 밤」

쏴 ─ 철썩! 파도소리 문살에 부서져
잠 살포시 꿈이 흩어진다.

잠은 한낱 검은 고래 떼처럼 설레어,
달랠 아무런 재주도 없다.

불을 밝혀 잠옷을 정성스레 여미는
삼경.
염원.

동경의 땅 강남에 또 홍수질 것만 싶어,
바다의 향수보다 더 호젓해진다.

「비 오는 밤」

쏴-철썩! 파도소리 문살에 부서져
잠 살포시 꿈이 흩어진다.

잠은 한낱 검은 고래 떼처럼 설레어,
달랠 아무런 재주도 없다.

불을 밝혀 잠옷을 정성스레 여미는
삼경.
염원.

동경의 땅 강남에 또 홍수질 것만 싶어,
바다의 향수보다 더 호젓해진다.

「유언」

후어—ㄴ한 방에
유언은 소리 없는 입놀림.

바다에 진주 캐러 갔다는 아들
해녀와 사랑을 속삭인다는 맏아들
이밤에사 돌아오나 내다봐라—

평생 외롭던 아버지의 운명
감기우는 눈에 슬픔이 어린다.

외딴집에 개가 짖고
휘양찬 달이 문살에 흐르는 밤.

「유언」

후어—ㄴ한 방에
유언은 소리 없는 입놀림.

바다에 진주 캐러 갔다는 아들
해녀와 사랑을 속삭인다는 맏아들
이밤에사 돌아오나 배따라기—

평생 외롭던 아버지의 운명
감기우는 눈에 슬픔이 어린다.

외딴집에 개가 짖고
휘양찬 달이 문살에 흐르는 밤.

「창」

쉬는 시간마다
나는 창녘으로 갑니다.

ㅡ창은 산 가르침.

이글이글 불을 피워주소.
이 방에 찬 것이 서립니다.

단풍잎 하나
맴도나 보니
아마도 자그마한 선풍이 인 게외다.

그래도 싸느란 유리창에
햇살이 쨍쨍한 무렵,
상학종이 울어만 삽습니다.

「창」

쉬는 시간마다
나는 창녘으로 갑니다.

ㅡ창은 산 가르침.

이굴이굴 불을 꺼워주소.
이 방에 찬 것이 서럽니다.

단풍잎 하나
맴도나 보니
아마도 자그마한 선풍이 인 게외다.

그래도 싸느란 유리창에
햇살이 쨍쨍한 무렵,
상학종이 울어만 싶습니다.

「바다」

살어다 뿌리는
바람조차 시원타.

솔나무 가지마다 새촘히
고개를 돌리어 빠드러지고,

밀치고
밀치운다.

이랑을 넘는 물결은
폭포처럼 피어오른다.

해변에 아이들이 모인다.
찰찰 손을 씻고 구보로.

바다는 자꾸 얇어진다.
갈매기의 노래에……

돌아다보고 돌아다보고
돌아가는 오늘의 바다여!

「바다」

살어다 뿌리는
바람조차 시원타.

솔나무 가지마다 새춤히
고개를 돌리어 뻐드러지고,

말치고
말치운다.

이랑을 넘는 물결은
폭포처럼 피어오른다.

해변에 아이들이 모인다.
찰찰 손을 씻고 구보로.

바다는 자꾸 넓어진다.
갈매기의 노래에……

돌아다보고 돌아다보고
돌아가는 오늘의 바다여!

어려서 놀았다.

백화

무릎이
오들오들 떨린다.

껴안어 폭기란—
민상을

「비로봉」

웃는다
웃자와이

비가 된다
정말 그름이

나비가 된다
새가

「산협의 오후」

내 노래는 오히려
슬픈 산울림.

골짜기 길에
떨어진 그림자는
너무나 슬프구나.

오후의 명상은
아―졸려.

「산협의 오후」

내 노래는 오히려
싫은 산울림.

골짜기 길에
떨어진 그림자는
너무나 슬프구나.

오후의 명상은
아—졸려.

「명상」

가츨가츨한 머리칼은 오막살이 처마 끝,
휘파람에 콧마루가 서운한 양 간질키오.

들창 같은 눈은 가볍게 닫혀
이 밤에 연정은 어둠처럼 골골이 스며드오.

「명상」

가츨가츨한 머리칼은 오막살이 처마 끝,
휘파람에 콧마루가 서운한 양 간질키오.

들창 같은 눈은 가볍게 닫혀
이 밤에 연정은 어둠처럼 골골이 스며드오.

늪아 때 하늘을 한 모금 마시다.

내 껑건한 마음을 모셔들어

나무가 머리를 이룩 잡지 못한다.

바람이 팽이처럼 돈다.

마음같이 흐린 호수되기 일쑤다.

은바다만한 나의 정원이

실 같은 비가 실처럼 쏟아진다.

벼룻장 엎어논 하늘로

머—ㄴ 도회지에 나뢰가 있어만 싶다

번개, 뇌성, 와자지근 뚝 다려

「소나기」

늙어 때 하늘을 한 모금 마시다.

내 경건한 마음을 흩어 모셔들어

나무가 머리를 이루 잡지 못한다.

바람이 팽이처럼 돈다.

마음같이 흐린 호수되기 일쑤다.

은바다만한 나의 정원이

실 같은 비가 살처럼 쏟아진다.

버릇장 없어는 하늘로

머ー 도회지에 나래가 있어만 싶다.

번개, 뇌성, 와자지근 뚝다려

「소나기」

피 꽃을 그날이 —
해바라기 만발한 팔에 고칭이 이상 곱주이다.
겨울보다
영하로 쓰가라 질할 수들네 방취럼 측은 —
청렴을 낭리한다다.
가끔 브극 같튼 냉청을 여지로 삼기기에
혈관이 말투위 신경질인 여름풀들,
마음은 우리괜묵다 멀조이다
육 트의 허리 가는 수을록,
블두 들여다볼 수 있는 연명한 오희 —
한관게,
싸늘한 대리석 기둥에 두가지를 비틀어 맨 —

「한관게」

여사 같은 폭지썰을 지켜야 봅니다

하늘만 보이는 을타리 안을 뛰쳐,

나는 아마도 진실한 새기의 계절을 따와—

나는 또 내가 보는 사이에—

하였습니다.

이렇게 가만가만 혼자서 귓속 이야기를—

동지고리 바람에 언덕을, 숲으로 하시구려

날씨 울시다,

어쩌는 따 소나비가 퍼붓더니 오늘은 좋은—

─ 바닷빛 포기포기에 수놓은, 언덕으로,

─ 우중충한 오월 하늘 아래로,

이 생생한 풍경을 앞세우며 뒤세우며

외-ㄴ하루 거닐고 싶다.

여인의 머리칼처럼 나부낀다.

마스트 끝에 붉은 깃발이

물결은 옷스라질 듯 한껏 경쾌롭다

잔주름 치마폭의 두둥실거리는 ─

쏠아질 듯 쏠아질 듯 위태롭다

봄바람을 등진 초록빛 바다

「풍경」

―바닷빛 포기포기에 수놓은 언덕으로,

―우중충한 울월 하늘 아래로,

이 생생한 풍경을 앞세우며 뒤세우며

와―ㄴ하루 거닐고 싶다.

여인의 머리칼처럼 나부낀다.

마스트 끝에 붉은 깃발이

물결은 오스라질 듯 한껏 경쾌롭다.

잔주름 치마폭의 두둥실거리는―

쏠아질 듯 쏠아질 듯 위태롭다.

봄바람을 등진 초록빛 바다

[풍경]

툭 쳤었다.

청석판이 그런데 흰 물결에
누가 있어만 싫은 북지엔 아무도 없고,

고독을 반겨한 마음은 슬프기도 하다.
북망산을 향한 발걸음은 무거웁고
여원 나무 그림자를 밟으며
흐르는 달의 흰 물결을 쳐

「달밤」

「달밤」

흐르는 달의 흰 달걸음을 밀쳐

여윈 나무 그림자를 밟으며

북망산을 향한 발걸음은 무거웁고

고독을 밝혀한 마음은 슬프기도 하다

누가 있어 반 싫은 꽃지엔 아무도 없고,

정적만이 그데그데 흰 달걸에

푹 젖었다.

「장」

이른 아침 아낙네들은 시들은 생활을
바구니 하나 가득 담아 이고 ……
엽고 지고 …… 안고 들고 ……
모여드오 자꾸 장에 모여드오.

가난한 생활을 골골이 벌여놓고
밀려가고 밀려오고 ……
저마다 생활을 외치오 …… 싸우오.

왼 하루 올망졸망한 생활을
되질하고 저울질하고 자질하다가
날이 저물어 아낙네들이
쓴 생활과 바꾸어 또 이고 돌아가오.

「장」

이른 아침 아낙네들은 시들은 생활을
바구니 하나 가득 담아 이고 ……
엽고 지고 …… 안고 들고 ……
모여드오 자꾸 장에 모여드오.

가난한 생활을 골골이 벌여놓고
밀려가고 밀려오고 ……
저마다 생활을 외치오 …… 싸우오.

왼 하루 올망졸망한 생활을
되질하고 저울질하고 자질하다가
날이 저물어 아낙네들이
쓴 생활과 바꾸어 또 이고 돌아가오.

「밤」

외양간 당나귀
아-ㅇ 외마디 울음 울고,

당나귀 소리에
으-아 아 애기 소스라쳐 깨고,

등잔에 불을 다오.

아버지는 당나귀에게
짚을 한 키 담아주고,

어머니는 애기에게
젖을 한 모금 먹이고,

밤은 다시 고요히 잠드오.

「밤」

외양간 당나귀
아-ㅇ 외마디 울음 울고,

당나귀 소리에
으-아 아 애기 소스라쳐 깨고,

등잔에 불을 다오.

아버지는 당나귀에게
짚을 한 키 담아주고,

어머니는 애기에게
젖을 한 모금 먹이고,

밤은 다시 고요히 잠드오.

해스마다 슬프기도 하오.

나영이 된 해스

믈든 바다를 날아 횡단할꼬.

저―윈 검은 곳기 떼가

흐느히 잠기고 …… 잠기고 ……

하루도 겹프른 믈결에

「황혼이 바다가 되어」

나와 함께 이 물결에 잠겼을 게오

오늘도 수많은 배가

황혼이 바다가 되어

밤바다에 나뒹구오……뒹구오……

이제 첫 항해하는 마음을 띄고

웃고름 너어는 그아의 설음.

서창에 걸린 해맑간 풍경화

「아침」

휙, 휙, 휙
소꼬리가 부드러운 채찍질로
어둠을 쫓아,
캄, 캄, 어둠이 깊다 깊다 밝으오.

이제 이 동리의 아침이
풀살 오른 소엉덩이처럼 푸르오.
이 동리 콩죽 먹은 사람들이
땀물을 뿌려 이 여름을 길렀소.
잎, 잎, 풀잎마다 땀방울이 맺혔소.

구김살 없는 이 아침을
삼호흡하오 또 하오.

「아침」

횡, 횡, 횡
소꼬리가 부드러운 채찍질로
어둠을 쫓아,
캄, 캄, 어둠이 깜다 깜다 밝으오.

이제 이 동리의 아침이
풀살 오른 소엉덩이처럼 푸르오.
이 동리 콩죽 먹은 사람들이
땀물을 뿌려 이 여름을 길렀소.
앞, 앞, 풀앞마다 땀방울이 맺혔소.

구김살 없는 이 아침을
심호흡하오 또 하오.

「빨래」

빨래줄에 두 다리를 드리우고
흰 빨래들이 귓속 이야기하는 오후,

쨍쨍한 칠월 햇발은 고요히도
아담한 빨래에만 달린다.

「빨래」

빨래줄에 두 다리를 드리우고
흰 빨래들이 귓속 이야기하는 오후,

쨍쨍한 칠월 햇발은 고요히도
아담한 빨래에만 달린다.

붉은 마음의 탑이—

탑은 무너졌다.

지난날 봄바람하던

금잔디밭은 아니다.

도망쳐 달아나고,

노래하는 종달이

죽한 유무에서

잠은 눈을 떳다.

「꿈은 깨어지고」

탑은 무너졌다.
꿈은 깨어졌다.
눈물과 목메임이여!
오 황폐의 쑥밭,
하룻저녁 폭풍에 여지없이도,
손톱으로 새긴 대리석 탑이—

어둠은 어린 가슴을 짓밟고

산림의 겨울은 파동 위로부터

인연을 가졌나 보다.

고달픈 한 몸을 풍흉할—

우암한 산림이,

천년 오래인 연륜에 짜들은—

불안한 마음을 산림이 부르다.

시계가 자근자근 가슴을 때려

「산림」

새날의 희망으로 나를 이끄다.

나무틈으로 반짜이는 별밭이

흘러간 마을의 과거는 아직타

멀리 첫여름의 개구리 재질댐에

콰一공포에 떨게 한다.

이파리를 흔드는 저녁 바람이

푸르고 싶다.

잃어버린 완고하던 행복을

이런 날에는

머리가 단결하였거나

모든 두 자를 이해치 못하도록

해맑은 천체가 깃들고

아이들에게 하루의 건조한 학과로

들거워하다.

급을 긁은 지역의 아이들이

옥색기와 태양기가 춤을 추는 날,

사이 좋은 지붕의 두 돌기둥 끝에서

「이런 날」

부르고 싶다.

잃어버린 완고하던 형을

이런 날에는

머리가 단순하였구나.

모든 두 자를 이해치 못하도록

해맑은 권태가 깃들고

아이들에게 하루의 건조한 학과로

즐거워하다.

구름을 은 지역의 아이들이 ―

오색기와 태양기가 춤을 추는 날,

사이좋은 정문의 두 돌기둥 끝에서

「이런 날」

좀 더 높은 테트로 올라가고 싶다.

이 거리를 덮을까 웅윤하면서

텐트 같은 하늘이 무너져

뜨 걸음밭을 탄다.

정거장에 섯다가 겹은 내를 토하고

굼뱅이 걸음을 하던 기차가

함석지붕에 반 비치고,

한나절의 태양이

바득돌처럼 벌여 있으리라.

아직쯤은 사람들이

산 위에까지 왔다.

강물이 뱀의 새끼처럼 기는

거리가 바득판처럼 보이고,

[산상]

좀 더 높은 데로 올라가고 싶다.

이 거리를 덮을까 궁금하면서

텐트 같은 하늘이 무너져

또 걸음발을 탄다.

정거장에 섰다가 겸은 내를 토하고

굼벵이 걸음을 하던 기차가

함석지붕에만 비치고,

한나절의 태양이

바둑돌처럼 벌여 있으려나.

아직쯤은 사람들이

산 위에에까지 왔다.

강물이 뱀의 새끼처럼 기는

거리가 바둑판처럼 보이고,

[산상]

깨어질까 은실스럽다.

아서라! 가뜩이나 엷은 평화가

한 떼 슨가락이 짧음을 한함이여,

볼는 애들이

지도깨기 높음에 뇌 땅인 줄ー

울울이 만진다.

떡을 등진 썰음은 가슴마다

아롱진 사월 태양의 은글이

호인의 물레바퀴처럼 돌아지나고

서쪽으로 황토 실은 이 땅 봄바람이

「양지쪽」

깨어질까 으시스럽다.
아서라! 가뜩이나 엷은 평화가

한뼘 손가락이 짧음을 한함이여,
모르는 애들이
지도째기 놀음에 뉘 땅인 줄―

울울이 맺진다.
뼈을 등진 설움은 가슴마다
아룽진 사월 태양의 손길이

호인의 물레바퀴처럼 돌아지나고
저쪽으로 황토 실은 이 땅 봄바람이

「양지쪽」

두 눈이 붉게 여물도록—

욱죽였던 죽죽이가 바지런하다.

아담한 두 다리가 부즉하고

닭들은 누아드는 두엄을 파기에

삼월의 빛은 욱둑도 있다.

학원에서 새묵리가 밀려나오는

외래종 제二혼,

욱산한 제사에서 쓸려 나온

생산의 골들을 부르짖었다.

시들은 생활을 득잘때고

자유의 향톱를 잇은 닭들이

한간 제사 그 너머 창공이 깃들어

「닭」

두 눈이 붉게 여물도록—
꿀꺽꺾던 즉득즉득가 바지런하다.
아담한 두 다리가 붉득하고
닭들은 누아드는 두 열을 파기에
삼월의 밝은 옥흑도 잊다.
하원에서 새묵러가 밀려나오는
외래중 제2혼,
유산한 계사에서 쓸려 나온
생산의 고룸를 부르짖었다.
시들은 생활을 즉질대고
자우의 향토를 잊은 닭들이
한간 계사 그 너머 창공이 깃들어

「닭」

「가슴」

소리 없는 북,
답답하면 주먹으로
뚜드려 보오.

그래 보아도
후ㅡ
가느는 한숨보다 못하오.

「가슴」

소리 없는 북,
답답하면 주먹으로
뚜드려 보오.

그래 봐도
후—
가느는 한숨보다 못하오.

「가슴 2」

불 꺼진 화독을
안고 도는 겨울밤은 깊었다.

재만 남은 가슴이
문풍지 소리에 떤다.

「가슴 2 」

불 꺼진 화독을
안고 도는 겨울밤은 깊었다.

재만 남은 가슴이
문풍지 소리에 떤다.

「비둘기」

안아보고 싶게 귀여운
산비둘기 일곱 마리
하늘 끝까지 보일 듯이 맑은 -
공일날 아침에
벼를 거두어 빤빤한 논에
앞을 다투어 모이를 주으며
어려운 이야기를 주고 받으오.

날씬한 두 나래로 조용한 공기를 흔들어
두 마리가 나오.
집에 새끼 생각이 나는 모양이오.

「비둘기 」

안아보고 싶게 귀여운
산비둘기 일곱 마리
하늘 끝까지 보일 듯이 맑은 -
공일날 아침에
벼를 거두어 빤빤한 논에
앞을 다투어 모이를 주으며
어려운 이야기를 주고 받으오.

날씬한 두 나래로 조용한 공기를 흔들어
두 마리가 나오.
집에 새끼 생각이 나는 모양이오.

북쪽 하늘에 나래를 펴고 싶다

내사……

쓱쓱, 걸름걸름을 북쪽 하늘로,

들, 들, 셋, 빗, 자꾸 날아지난다.

까마귀 떼 지붕 위로

길쭉한 일자를 쓰고……지우고

햇살은 미닫이 틈으로

「황혼」

북쪽 하늘에 나래를 펴고 싶다

내사......

쓱쓱、걸음걸이걸음 북쪽 하늘로、

들、들、셋、넷、자귀 날아진다.

까마귀 떼 지평 위로

길죽한 일자를 쓰고......지우고

햇살은 미닫이 틈으로

[황혼]

남쪽 하늘에 떠돌 뿐—
어린 영은 쪽나래의 향수를 타고
서뤼 내뤼는 저녁—
어머니의 젖가슴이 그뤼운
시산한 가을날—
제비는 두 나래를 가지었다

「남쪽 하늘」

남쪽 하늘에 떠돌 뿐—
어린 영은 쪽나래의 향수를 타고
서뤄내리는 저녁—
어머니의 젖가슴이 그리운
시산한 가을날—
제비는 두 나래를 가지었다

「남쪽 하늘」

그리고 번개를,

떠들던, 소나기

천파 같은 하늘 밑에서

끓는 태양 그늘 좀다란 지평에서

팔을 펼쳐, 흔들거렸다.

어륵 반지켜

오려는 창공의 푸른 젖가슴을

열정의 프폴러는

그 여름날

「창공이」

조와의 눈물을 비웃다.

그의 동경의 날 가을에

푸를를 어린 마음이 이상에 타고

높은 달과 기러기를 불러왔다.

가지 위에 퍼지고

높다랗게 창공은 한 푸을

남방으로 도망하고,

흘르던 구름은 이끌고

꺼졌다 자아졌다.

한 품에 들쎗의 그림자,

달과 전등에 비쳐

조금만 이어나,

전등 밑을 헤엄치는

두지의 진쪽

북극의 거리

광풍이 휘날리는

달밤의 거리

「거리에서」

늘아졌다 낫아졌다.

푸른 공상이

피어나는 마음의 그림자,

한 갈피 두 갈피

외로우면서도

선풍이 일고 있네

걷고 있는 이 마음

회색빛 밤거리를

괴롬의 거리

「삶과 죽음」

삶은 오늘도 죽음의 서곡을 노래하였다.
이 노래가 언제나 끝나랴.

세상 사람은—
뼈를 녹여내는 듯한 삶의 노래에
춤을 춘다.
사람들은 해가 넘어가기 전
이 노래 끝의 공포를
생각할 사이가 없었다.

하늘 복판에 아로새기듯이
이 노래를 부른 자가 누구뇨.

그리고 소낙비 그친 뒤같이도
이 노래를 그친 자가 누구뇨.

죽고 뼈만 남은
죽음의 승리자 위인들!

「삶과 죽음」

삶은 오늘도 죽음의 서곡을 노래하였다.
이 노래가 언제나 끝나랴.

세상 사람은—
뼈를 녹여내는 듯한 삶의 노래에
춤을 춘다.
사람들은 해가 넘어가기 전
이 노래 끝의 공포를
생각할 사이가 없었다.

하늘 복판에 아롱새기듯이
이 노래를 부른 자가 누구뇨.

그리고 소낙비 그친 뒤같이도
이 노래를 그친 자가 누구뇨.

죽고 뼈만 남은
죽음의 승리자 위인들!

「초 한 대」

초 한 대—
내 방에 풍긴 향내를 맡는다.

광명의 제단이 무너지기 전
나는 깨끗한 제물을 보았다.

염소의 갈비뼈 같은 그의 몸,
그의 생명인 심지까지
백옥 같은 눈물과 피를 흘려
불살라 버린다.

그리고도 책상머리에 아롱거리며
선녀처럼 촛불은 춤을 춘다.

매를 본 꿩이 도망하듯이
암흑이 창구멍으로 도망한
나의 방에 풍긴
제물의 위대한 향내를 맛보노라.

「초 한 대」

초 한 대—
내 방에 풍긴 향내를 맡는다.

광명의 제단이 무너지기 전
나는 깨끗한 제물을 보았다.

염소의 갈비뼈 같은 그의 몸,
그의 생명인 심지까지
백옥 같은 눈물과 피를 흘려
불살라 버린다.

그리고도 책상머리에 아롱거리며
선녀처럼 촛불은 춤을 춘다.

매를 본 꿩이 도망하듯이
암흑이 창구멍으로 도망한
나의 방에 풍긴
제물의 위대한 향내를 맛보노라.

4

산울림
저 혼자 들었다

산울림
까치가 들었다

산울림
아무도 못 들은

산울림
까치가 울어서

「산울림」

산울림

저 혼자 들었다
산울림

까치가 들었다
산울림

산울림

아무도 못 들을
산울림

까치가 들어서
「산울림」

「해바라기 얼굴」

누나의 얼굴은
   해바라기 얼굴
해가 금방 프자
일터에 간다.

해바라기 얼굴은
누나의 얼굴
   얼굴이 숙어들어
집으로 온다.

「해바라기 얼굴」

누나의 얼굴은
　해바라기 얼굴
해가 금방 프자
얼터에 간다.

해바라기 얼굴은
누나의 얼굴
얼굴이 숙어들어
집으로 온다.

달 밝은 밤에 이야기했다.

귀뚜라미와 나와

귀뜰귀뜰
귀뜰귀뜰

아무에게도 아르켜 주지 말고

우리 둘만 알자고 약속했다.

귀뜰귀뜰
귀뜰귀뜰

잔디밭에서 이야기했다.

귀뚜라미와 나와

「귀뚜라미와 나와」

귀뚜라미와 나와

달 밝은 밤에 이야기했다

귀뚜라미와 나와

귀뚤귀뚤

우리 둘만 알자고 약속했다

아무에게도 아르켜 주지 말고

귀뚤귀뚤

귀뚤귀뚤

잔디밭에서 이야기했다

귀뚜라미와 나와

「귀뚜라미와 나와」

「애기의 새벽」

우리 집에는
닭도 없단다.
다만
애기가 젖달라 울어서
새벽이 된다.

우리 집에는
시계도 없단다.
다만
애기가 젖달라 보채어
새벽이 된다.

「애기의 새벽」

우리 집에는
닭도 없단다.
다만
애기가 젖달라 울어서
새벽이 된다.

우리 집에는
시계도 없단다.
다만
애기가 젖달라 보채어
새벽이 된다.

「햇빛·바람」

손가락에 침 발러
소옥, 쏙, 쏙.
장에 가는 엄마 내다보려
문풍지를
소옥, 쏙, 쏙.

아침에 햇빛이 반짝,

손가락에 침 발러
소옥, 쏙, 쏙.
장에 가신 엄마 돌아오나
문풍지를
소옥, 쏙, 쏙,

저녁에 바람이 솔솔,

「햇빛 · 바람」

손가락에 침 발러
쏘옥, 쏙, 쏙.
장에 가는 엄마 내다보러
문풍지를
쏘옥, 쏙, 쏙.

아침에 햇빛이 반짝,

손가락에 침 발러
쏘옥, 쏙, 쏙.
장에 가신 엄마 돌아오나
문풍지를
쏘옥, 쏙, 쏙,

저녁에 바람이 솔솔,

「반딧불」

가자 가자 가자
숲으로
달조각을 주으러
숲으로 가자.

그믐밤 반딧불은
부서진 달조각,

가자 가자 가자
숲으로 가자
달조각을 주으러
숲으로 가자.

「반딧불」

가자 가자 가자
숲으로
달조각을 주으러
숲으로 가자.

그믐밤 반딧불은
부서진 달조각,

가자 가자 가자
숲으로 가자
달조각을 주으러
숲으로 가자.

「늘 다」

바다도 푸르고
하늘도 푸르고

바다도 끝없고
하늘도 끝없고

바다에 돌 던지고
하늘에 침 뱉고

바다는 벙글
하늘은 잠잠.

「들다」

바다도 푸르고
하늘도 푸르고

바다도 끝없고
하늘도 끝없고

바다에 돌 던지고
하늘에 침 뱉고

바다는 벙글
하늘은 잠잠.

「거짓부리」

폭, 폭, 폭
문 좀 열어주세요
하룻밤 자고 갑시다.
밤은 깊고 날은 추운데
거 누굴까?
문 열어주고 보니
검둥이의 꼬리가
거짓부리한 걸.

꼬끼오, 꼬끼오,
달걀 낳았다
간난아 어서 집어 가거라
간난이 뛰어가보니
달걀은 무슨 달걀,
고놈의 암탉이
대낮에 새빨간
거짓부리한 걸.

「거짓부러」

똑, 똑, 똑
문 좀 열어주세요
하룻밤 자고 갑시다.
밤은 깊고 날은 추운데
거 누굴까?
문 열어주고 보니
검둥이의 꼬리가
거짓부러한 걸.

꼬끼오, 꼬끼오,
달걀 낳았다
간난아 어서 집어 가거라
간난이 뛰어가보니
달걀은 무슨 달걀,
고놈의 암탉이
대낮에 새빨간
거짓부러한 걸.

「눈」

지난밤에
눈이 소오복이 왔네

지붕이랑
길이랑 밭이랑
추워한다고
덮어주는 이불인가 봐

그러기에
추운 겨울에만 내리지

「눈」

지난밤에
눈이 소오복이 왔네

지붕이랑
길이랑 밭이랑
추워한다고
덮어주는 이불인가 봐

그러기에
추운 겨울에만 내리지

「참새」

가을 지난 마당은 하이얀 종이
참새들이 글씨를 공부하지요.

째액째액 입으로 받아 읽으며
두 발로는 글씨를 연습하지요.

하루 종일 글씨를 공부하여도
쨋자 한 자밖에는 더 못 쓰는 걸.

「참새」

가을 지난 마당은 하이얀 종이
참새들이 글씨를 공부하지요.

째액째액 입으로 받아 읽으며
두 발로는 글씨를 연습하지요.

하루 종일 글씨를 공부하여도
짹자 한 자밖에는 더 못 쓰는 걸.

「 버선본 」

어머니
누나 쓰다 버린 습자지는
두었다간 뭣에 쓰나요?

그런 줄 몰랐더니
습자지에다 내 버선 놓고
가위로 오려
버선본 만드는 걸.

어머니
내가 쓰다 버린 몽당연필은
두었다간 뭣에 쓰나요?

그런 줄 몰랐더니
천 위에다 버선본 놓고
침 발라 점을 찍고
내 버선 만드는 걸.

「버선본」

어머니
누나 쓰다 버린 습자지는
두엇다간 뭣에 쓰나요?

그런 줄 몰랐더니
습자지에다 내 버선 놓고
가위로 오려
버선본 만드는 걸.

어머니
내가 쓰다 버린 몽당연필은
두엇다간 뭣에 쓰나요?

그런 줄 몰랐더니
천 위에다 버선본 놓고
침 발라 점을 찍고
내 버선 만드는 걸.

「편지」

누나!
이 겨울에도
눈이 가득히 왔습니다.

흰 봉투에
눈을 한 줌 넣고
글씨도 쓰지 말고
우표도 붙이지 말고
말쑥하게 그대로
편지를 부칠까요?

누나 가신 나라엔
눈이 아니 오기에.

「편지」

누나!
이 겨울에도
눈이 가득히 왔습니다.

흰 봉투에
눈을 한 줌 넣고
글씨도 쓰지 말고
우표도 붙이지 말고
말쑥하게 그대로
편지를 부칠까요?

누나 가신 나라엔
눈이 아니 온다기에.

「봄」

우리 애기는
아래발치에서 코올코올,

고양이는
부뚜막에서 가릉가릉,

애기 바람이
나뭇가지에서 소올소올,

아저씨 햇님이
하늘 한가운데서 째앵째앵.

「봄」

우리 애기는
아래발치에서 코올코올,

고양이는
부뚜막에서 가릉가릉,

애기 바람이
나뭇가지에서 소올소올,

아저씨 햇님이
하늘 한가운데서 째앵째앵.

「무얼 먹고 사나」

바닷가 사람
물고기 잡아 먹고 살고

산골엣 사람
감자 구워 먹고 살고

별나라 사람
무얼 먹고 사나.

「무얼 먹고 사나」

바닷가 사람
물고기 잡아 먹고 살고

산골엣 사람
감자 구워 먹고 살고

별나라 사람
무얼 먹고 사나.

살랑살랑 솟아나네 감자 굽는 내

산골짜기 오막살이 낮은 굴뚝엔

옛이야기 한 커리에 감자 하나씩.

입술에 꺼멓게 숯을 바르고

깜박깜박 검은 눈이 모여 앉아서

감자를 굽는 게지 총각애들이

몽기몽기 웬인 연기 대낮에 솟나,

산골짜기 오막살이 낮은 굴뚝엔

「굴뚝」

살랑살랑 솟아나네 감자 굽는 내.

산골짜기 오막살이 낮은 굴뚝엔

감자를 굽는 게지 총각애들이

깜박깜박 검은 눈이 모여 앉아서

입술에 꺼멓게 숯을 바르고

옛이야기 한 커리에 감자 하나씩.

몽기몽기 웬인 연기 대낮에 솟나,

산골짜기 오막살이 낮은 굴뚝엔

「굴뚝」

즐거워 웃는다
햇념이 웃는다
다 같이 춤을 추자
동무들아 이리 오나
노래하자 즐겁게
알롱알롱 무지개
하늘다리 놓였다

나 보고 웃는다
햇념이 웃는다
닷자 엿자 자라게
옥수수대처럼 웃게

맞아 주자 다 같이
보슬보슬 햇비
아씨처럼 내린다

「햇비」

즐거워 웃는다
햇님이 웃는다
다 같이 춤을 추자
동무들아 이리 오나
노래하자 즐겁게
알롱알롱 무지개
하늘다리 놓였다

나 보고 웃는다
햇님이 웃는다
닷자엿자 자라게
옥수수대처럼 크게
맞아주자 다 같이
보슬보슬 햇비
아씨처럼 내린다

「햇비」

「빗자루」

요오리조리 베면 저고리 되고
이이렇게 베면 큰 총 되지.
누나하고 나하고
가위로 종이 쏠았더니
어머니가 빗자루 들고
누나 한번 나 한번
엉덩이를 때렸소
방바닥이 어지렵다고—
아아니 아니
고놈의 빗자루가
방바닥 쓸기 싫으니
그랬지 그랬어
괘씸하여 벽장 속에 감췄더니
이튿날 아침 빗자루가 없다고
어머니가 야단이지요.

「빗자루」

요오리조리 베면 저고리 되고
이이렇게 베면 큰 총 되지.
누나하고 나하고
가위로 종이 쏠았더니
어머니가 빗자루 들고
누나 하나 나 하나
엉덩이를 때렸소
방바닥이 어지럽다고 —
아아니 아니
고놈의 빗자루가
방바닥 쓸기 싫으니
그랬지 그랬어
괘씸하여 벽장 속에 감췄더니
이튿날 아침 빗자루가 없다고
어머니가 야단이지요.

「기왓장 내외」

비 오는 날 저녁에 기왓장 내외
잃어버린 외아들 생각나선지
꼬부라진 잔등을 어루만지며
쭈룩쭈룩 구슬피 울음 웁니다.

대궐 지붕 위에서 기왓장 내외
아름답던 옛날이 그리워선지
주름 잡힌 얼굴을 어루만지며
물끄러미 하늘만 쳐다봅니다.

「기왓장 내외」

비 오는 날 저녁에 기왓장 내외
잃어버린 외아들 생각나선지
꼬부라진 잔등을 어루만지며
쭉룩쭉룩 구슬피 울음 웁니다.

대궐 지붕 위에서 기왓장 내외
아름답던 옛날이 그리워선지
주름 잡힌 얼굴을 어루만지며
물끄러미 하늘만 쳐다봅니다.

만쪽땅 지든가?

둔 벌거긴 아빠 계신

별나라 지드가?

걸에 가븐 엄마 계신

오름짜 근 지도

지난밤에 내 동생

요에다 그린 지도

빨랫줄에 걸어는

「오름짜개 지도」

만주땅 지돈가?

돈 벌러 간 아빠 계신

별나라 지돈가?

꿈에 가 본 엄마 계신

오줌 싸 그린 지도

지난 밤에 내 동생

요에다 그린 지도

빨랫줄에 걸어 논

「오줌싸개 지도」

「병아리」

"뽀, 뽀, 뽀
엄마 젓 좀 주."
이것은 병아리 소리.

"꺽, 꺽, 꺽
왜나 좀 기다려."
이것은 엄마닭 소리

좀 이따가
병아리들은
젖 먹으려는지
어미 품으로 다 들어갔지요.

「병아리」

"뽀, 뽀, 뽀
엄마 젖 좀 주."
이것은 병아리 소리.

"꺽, 꺽, 꺽
오냐 좀 기다려."
이것은 엄마닭 소리

좀 이따가
병아리들은
젖 먹으려는지
어미 품으로 다 들어갔지요.

「조개껍질」

아롱아롱 조개껍데기
울 언니 바닷가에서
주워온 조개껍데기

여긴여긴 북쪽나라요
조개는 귀여운 선물
장난감 조개껍데기

데굴데굴 굴리며 놀다
짝 잃은 조개껍데기
한짝을 그리워하네

아롱아롱 조개껍데기
나처럼 그리워하네
물소리 바닷물 소리

「조개껍질」

아롱아롱 조개껍데기
울 언니 바닷가에서
주워온 조개껍데기

여긴여긴 북쪽나라요
조개는 귀여운 선물
장난감 조개껍데기

데굴데굴 굴리며 놀다
짝 잃은 조개껍데기
한짝을 그리워하네

아롱아롱 조개껍데기
나처럼 그리워하네
물소리 바닷물 소리

얼어요
말랑말랑

말똥 동그래미

길바닥에

추워요

바삭바삭

시래기 다래미

처마 밑에

[겨울]

얼어요
말랑말랑
말똥 동오깨미
길바닥에
추워요
바사바삭
시깨기 다깨미
처마 밑에
[겨울]